¡Hola! No sé si te has fijado, pero la paloma está muy sucia. Así que me iría bien que me ayudaras, porque...

Título original: *The Pigeon Needs a Bath!*
Publicado por acuerdo con Hyperion Books for Children y Wernick & Prat Agency LLC.

Texto e ilustraciones © Mo Willems 2014
Traducción: Anna Llisterri
Revisión: Tina Vallès
© de esta edición: Andana Editorial, marzo 2017
  Calle dels Arbres, 23.
  Algemesí 46680 (Valencia)
  www.andana.net
  andana@andana.net

ISBN: 978-84-16394-57-9
Dipòsit legal: V- V-580-2017     Impreso en España

# ¡La paloma necesita un baño!

texto e ilustraciones de Mo Willems

Es cuestión de opiniones.

Andana
editorial

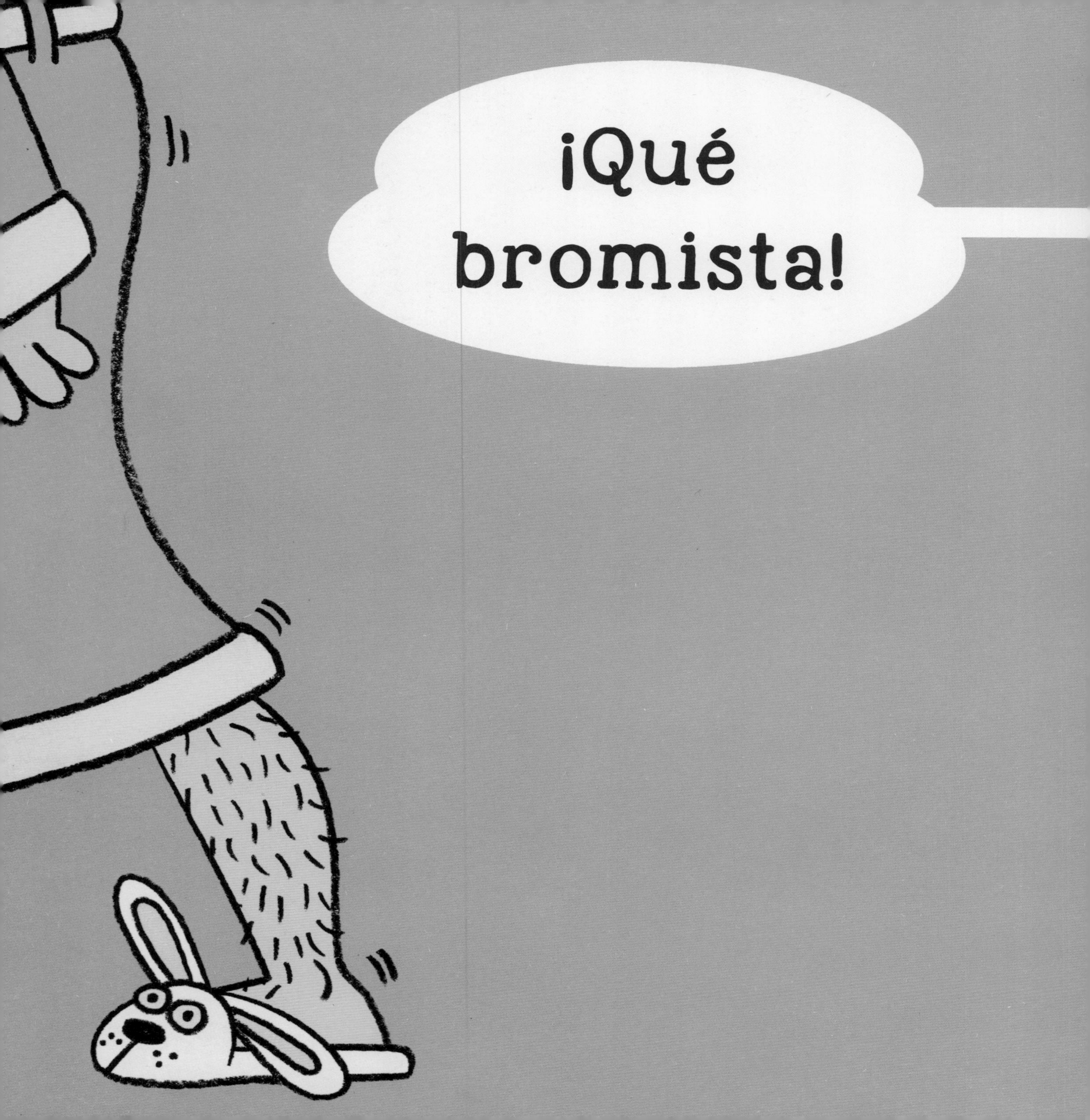
¡Qué bromista!

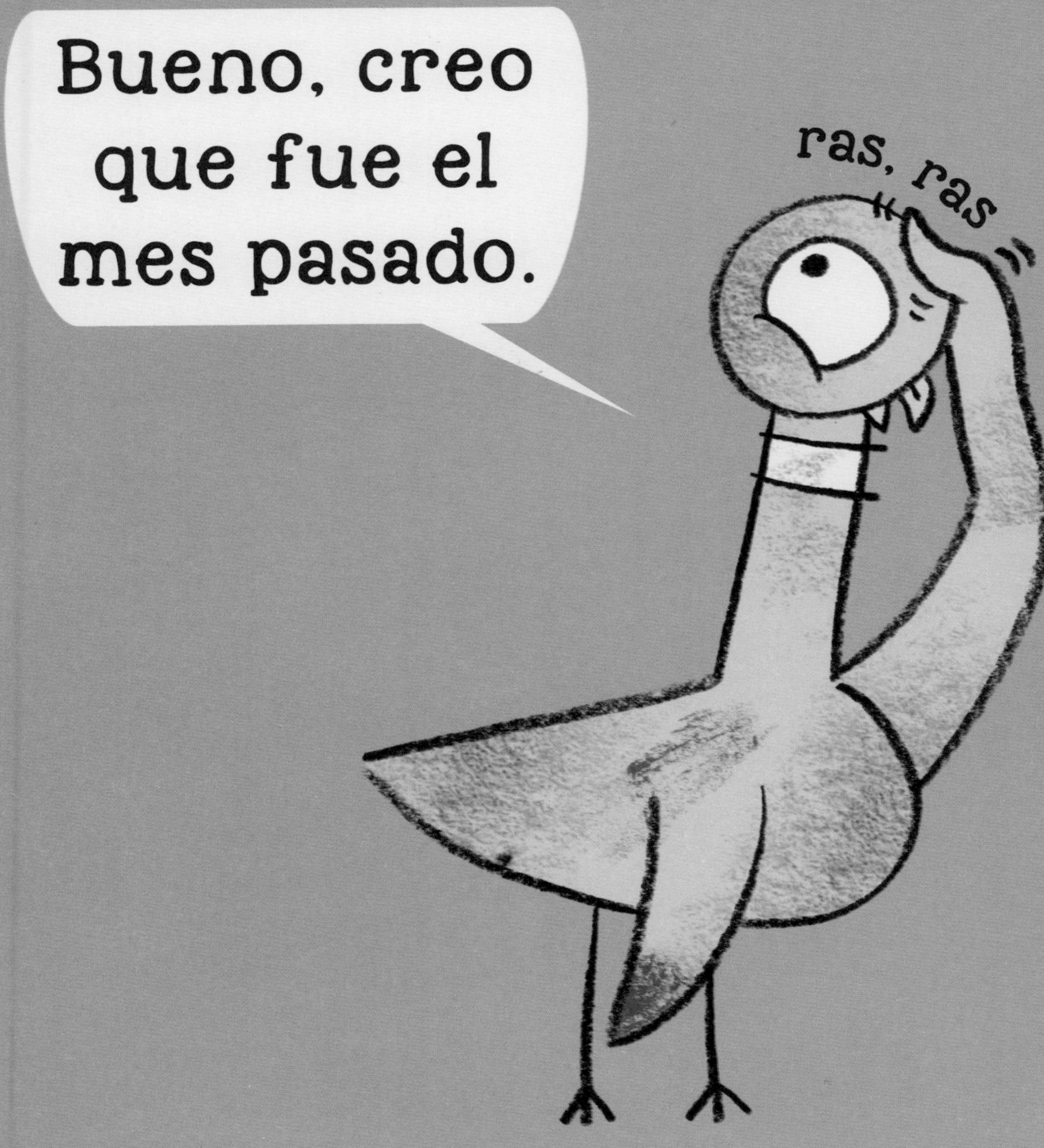
Bueno, creo que fue el mes pasado.
ras, ras

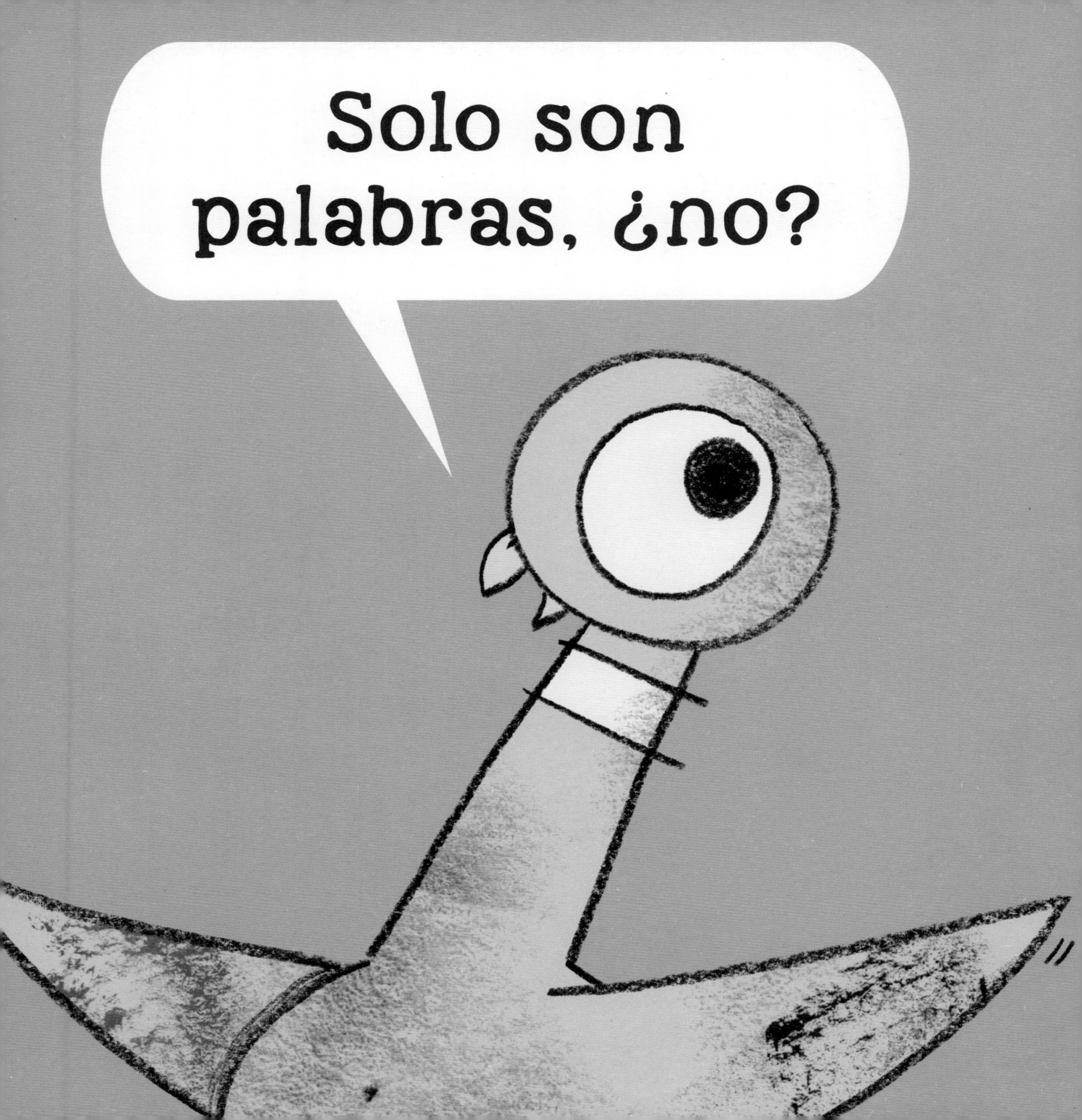
Solo son palabras, ¿no?

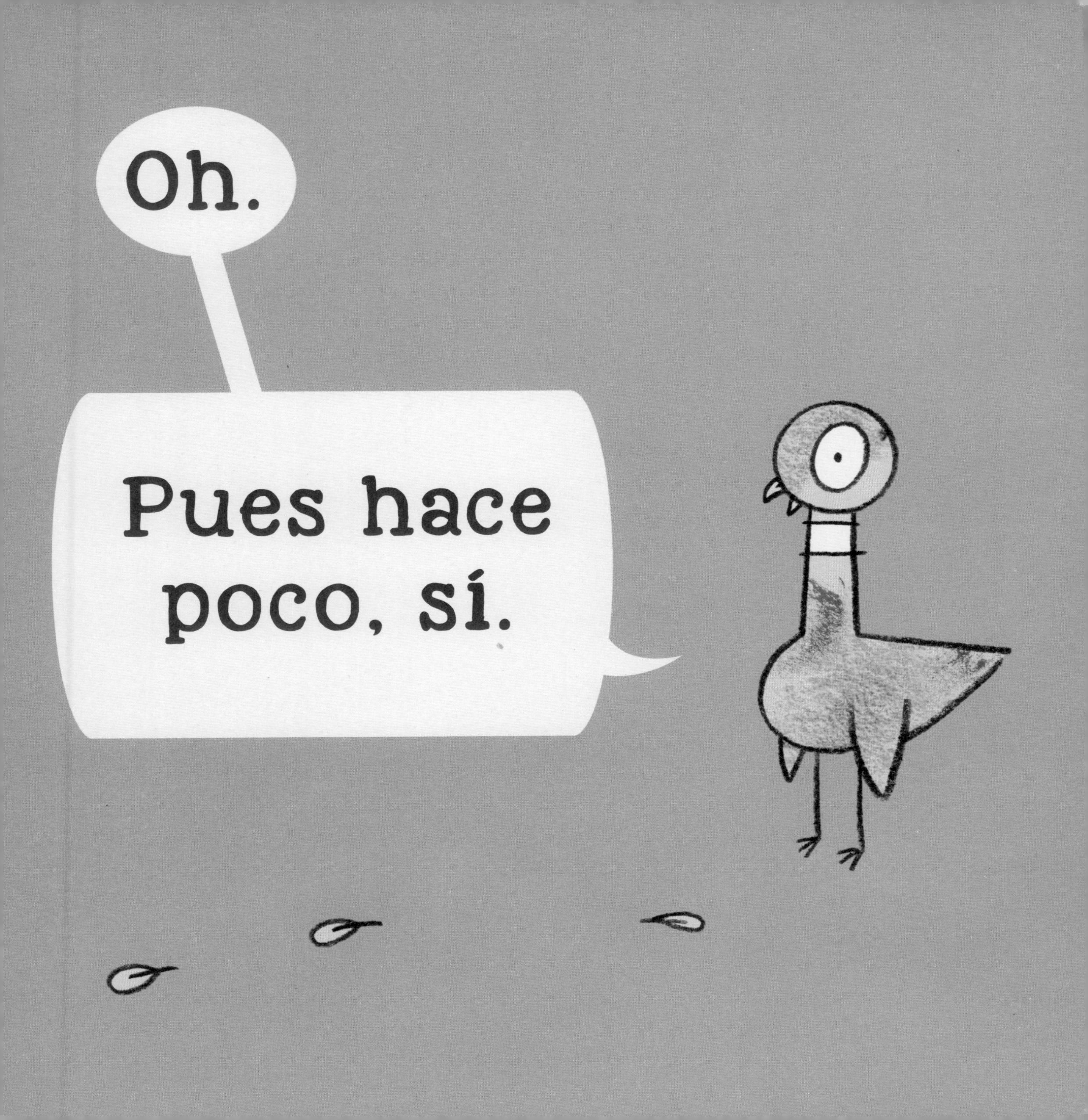
Oh.
Pues hace poco, sí.

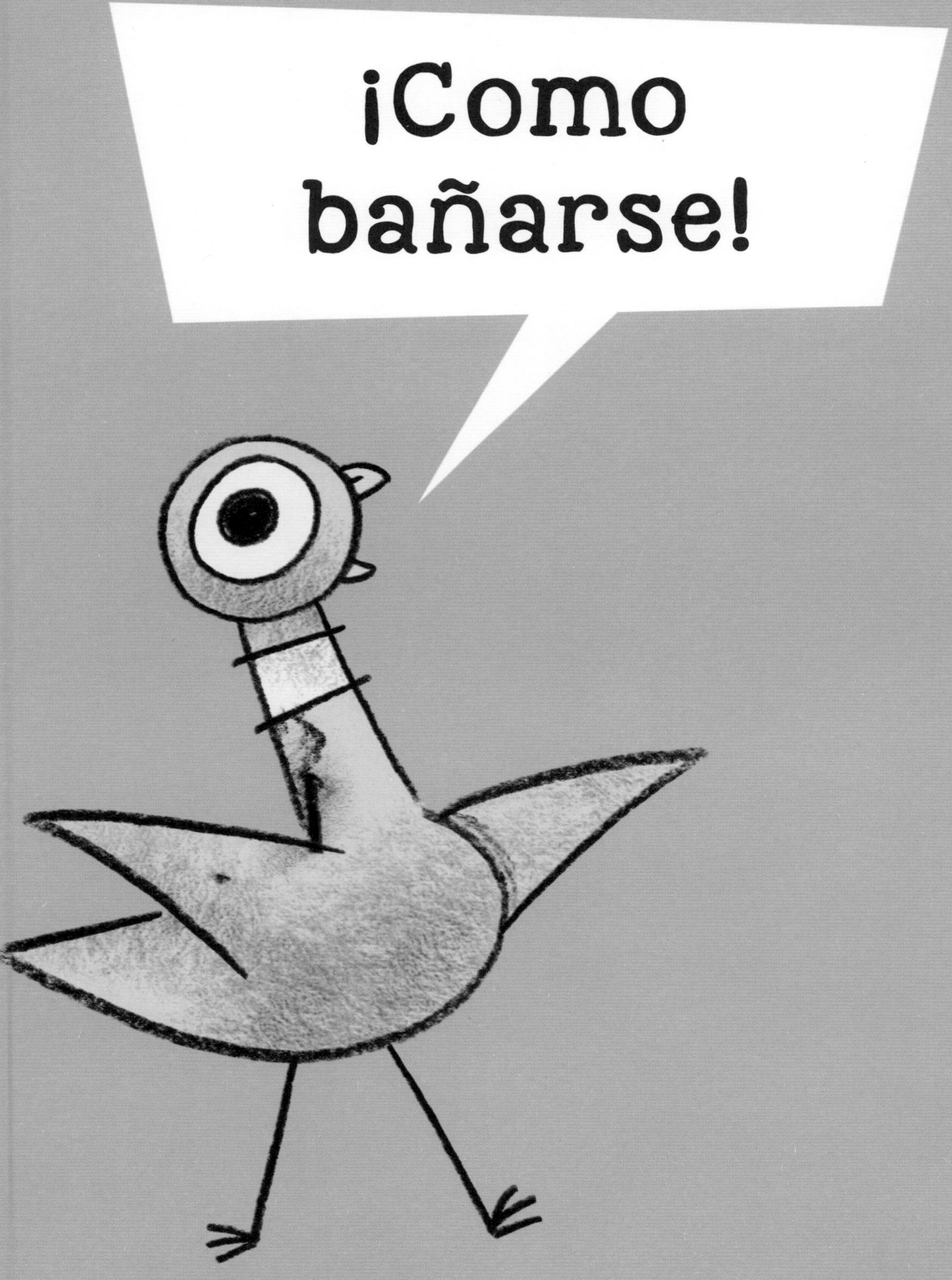
¡Como bañarse!

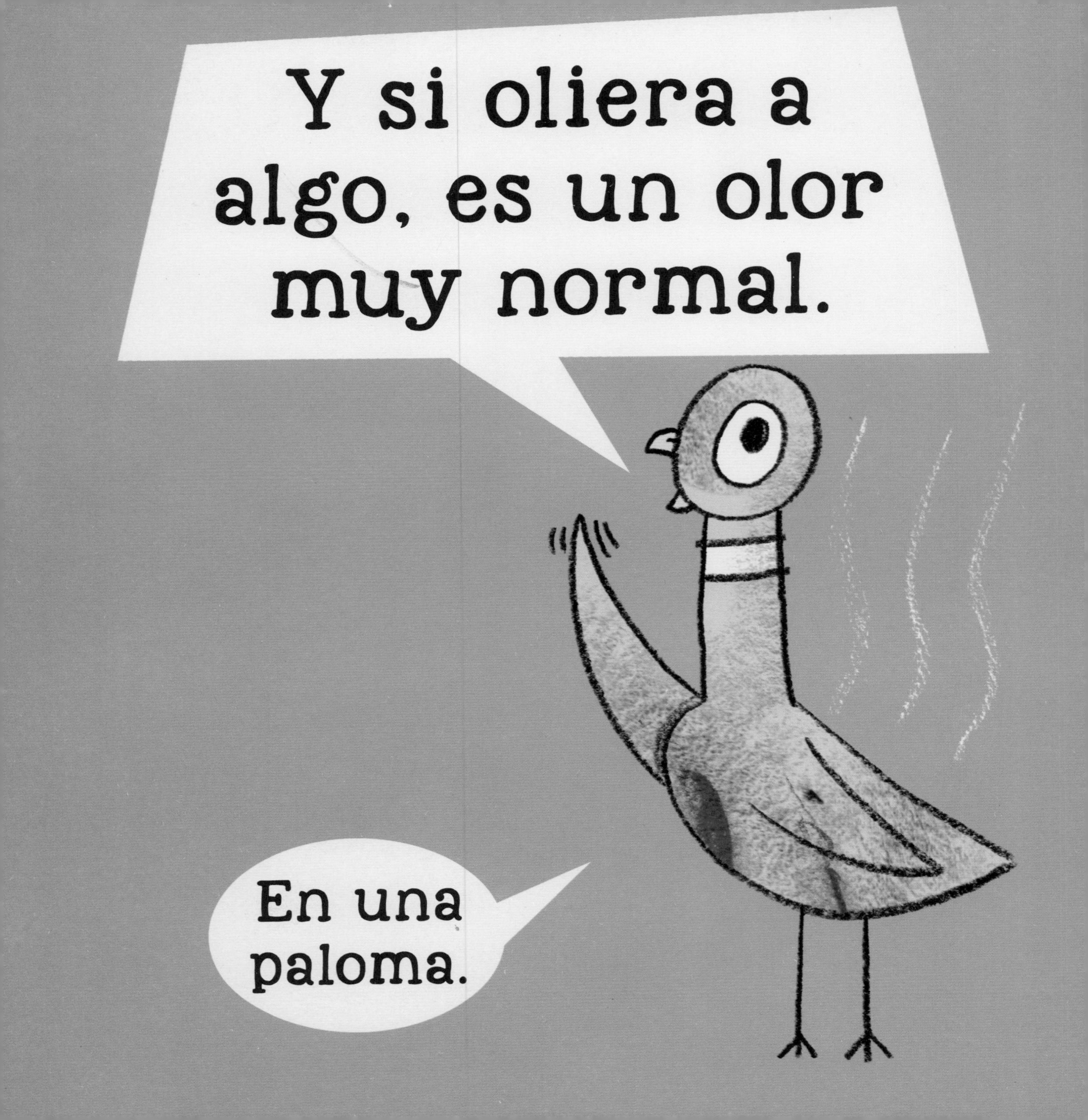
Y si oliera a algo, es un olor muy normal.
En una paloma.

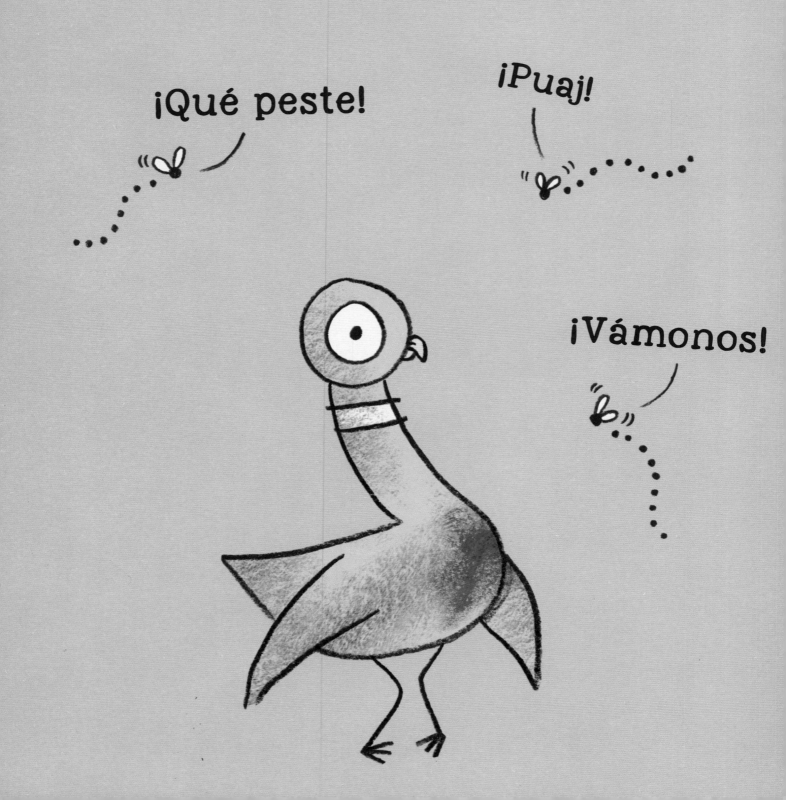

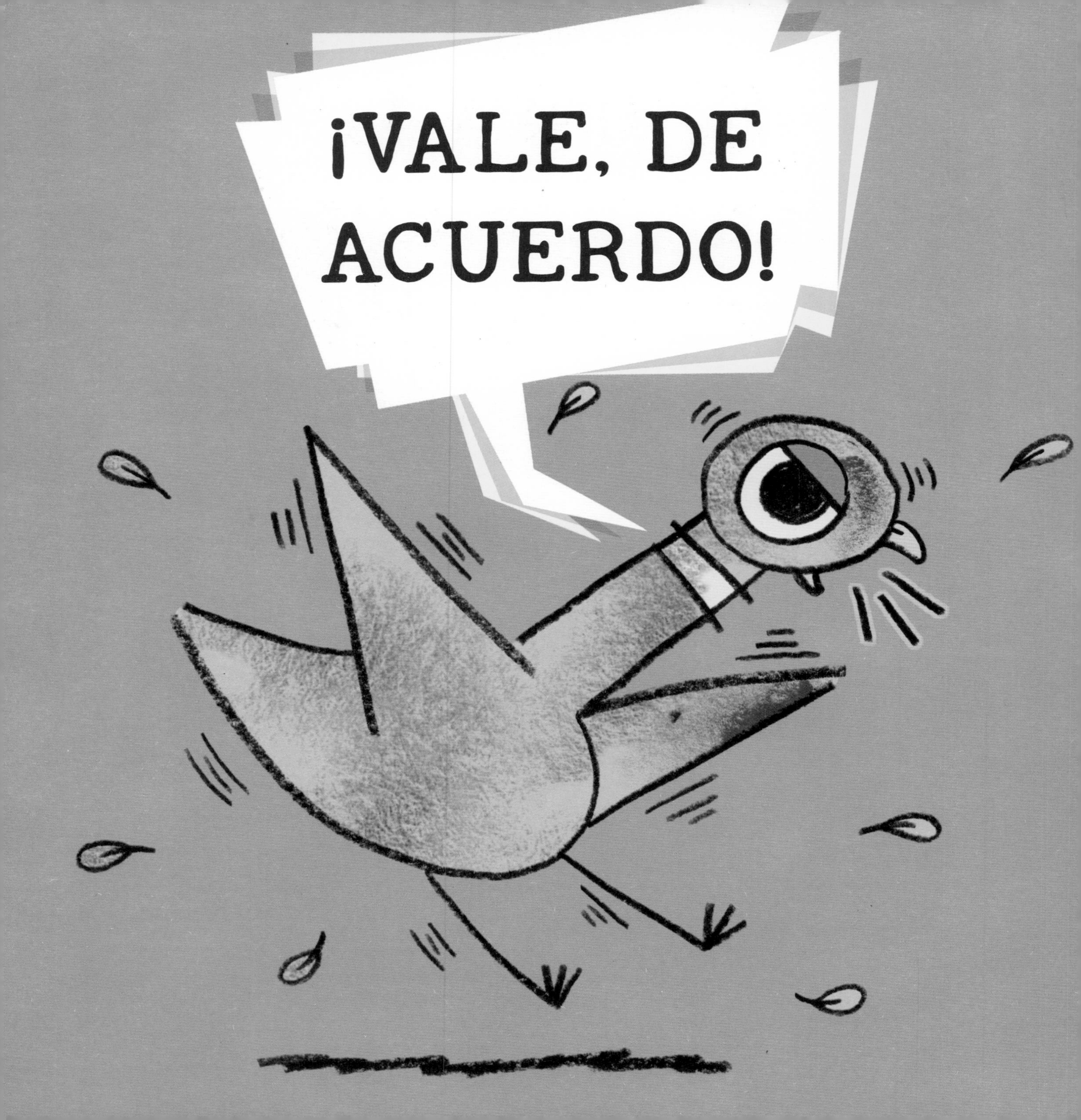
¡VALE, DE ACUERDO!

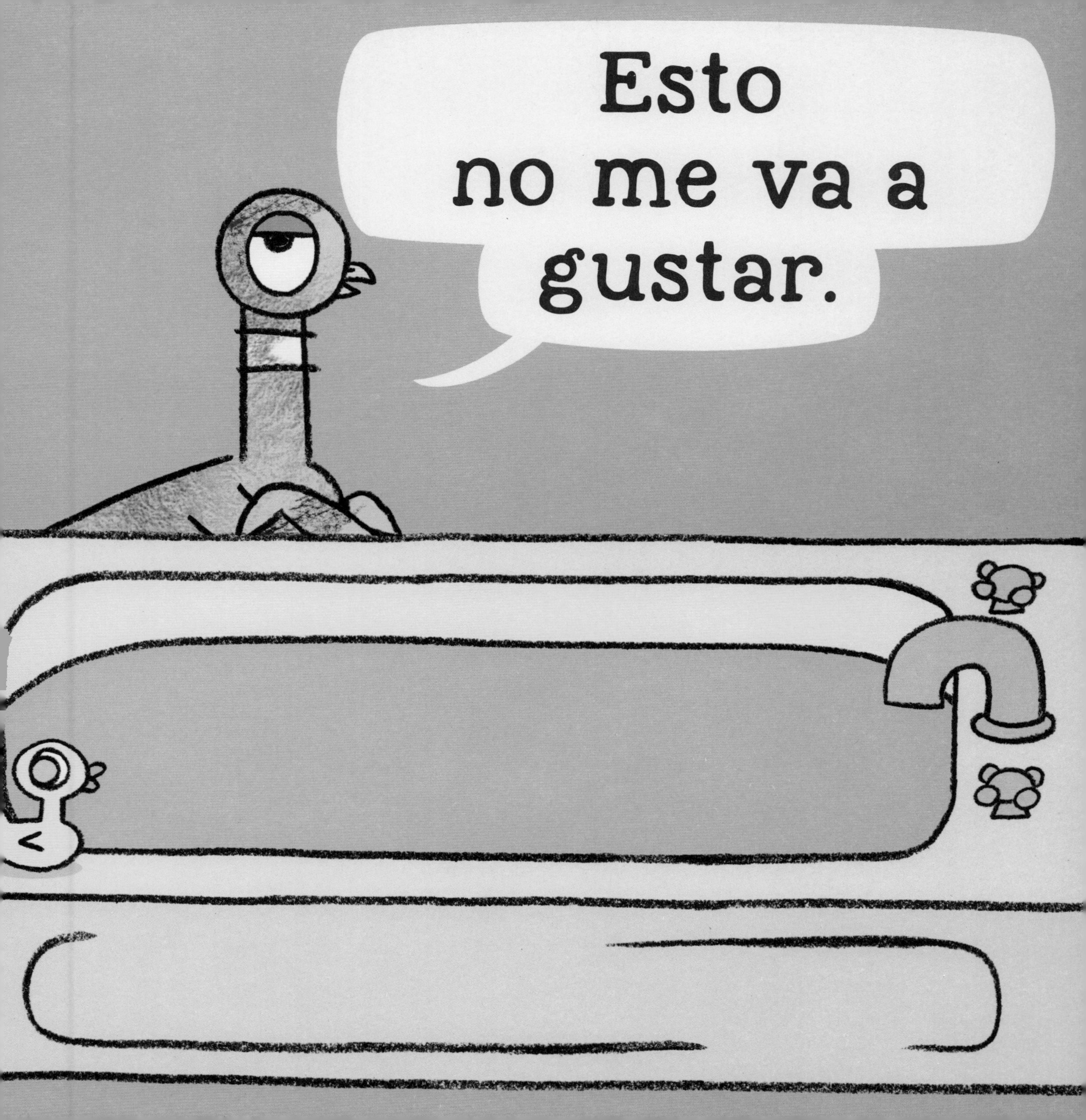
Esto no me va a gustar.

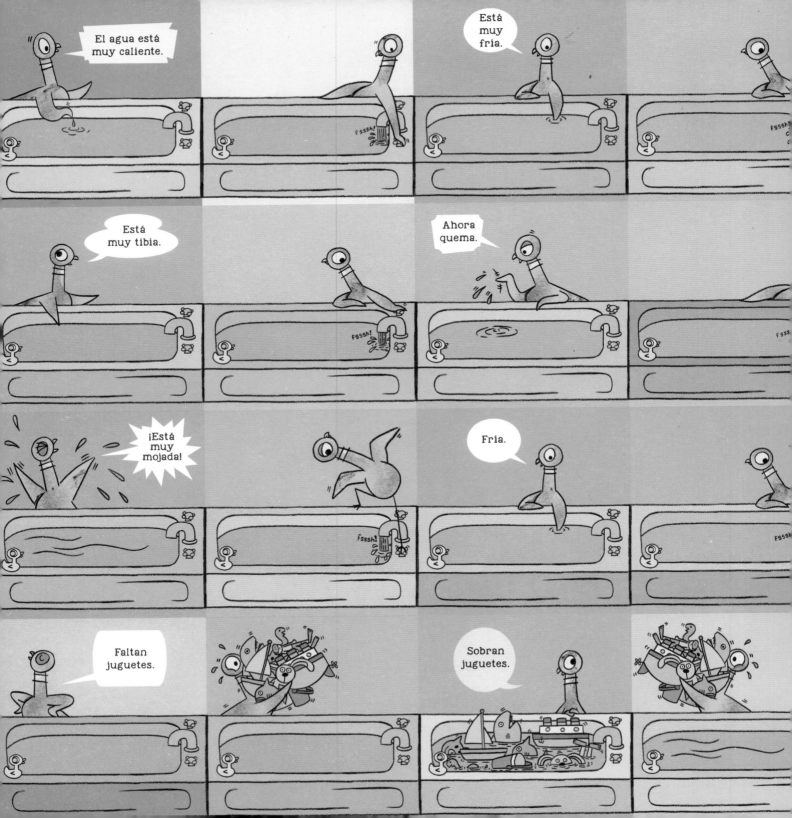

# DIEZ
# HORAS
# DESPUÉS